The Farmer's Wife

د بزګر ښځه

ليکونکی: ادريس شاه

انځورونه: روز مري سانتياګو

By Idries Shah

Illustrated by Rose Mary Santiago

First English Hardback Edition 2000, 2005
English Paperback Edition 2005, 2011, 2015
This English-Pashto Paperback Edition 2017

www.hoopoebooks.com

Published by Hoopoe Books
a division of the Institute for the Study of Human Knowledge

ISBN: 978-1-944493-62-2

Library of Congress Cataloging-in-Publication Data

Shah, Idries, 1924-
The farmer's wife / by Idries Shah; illustrated by Rose Mary Santiago.
p. cm.
Summary: A cumulative tale of a farmer's wife who is trying to retrieve an apple from a hole in the ground.
ISBN 1-883536-07-3 (hardback)
[1. Folklore.] I. Santiago, Rose Mary, ill. II. Title.
PZ8.1.S47Far 1997
398.2
[E]—DC21 96-49291
CIP
AC

ABOUT HOOPOE BOOKS BY IDRIES SHAH

These books share not only wonderful folk stories from a region not often represented in current children's literature, but there is also an innate potential in them for supporting skills such as prediction, critical thinking, and social/emotional development skills of demonstrating empathy and conflict resolution. This is all done with humor, bold attractive art and a strategic use of vocabulary.

Laurie Noe, Professor of Early Childhood Ed., Housatonic Community College, Bridgeport, CT

These stories, with improbable events that lead the reader's mind into new and unexplored venues, allow her or him to develop more flexibility and to understand this complex world better.

Library of Congress Lecture
by psychologist Robert Ornstein

د آدریس شاه هوپو کتابونو په اړه:

"دا کتابونه نه یوازې د داسې یوه کلتور غني فلکوریکه کیسې بیانوي چې د ماشومانو په نننی ادبیانو ډېر نه ښکاري، بلکې له ځان سره د مرستندویه مهارتونو لکه وړاندوینې، جدي فکر او د زړه سوئ او شخړی حلولو له لاری د ټولنیزو/ احساساتي سلوکونو ودی ورکولو شته ظرفیت هم له ځان سره لري. دا ټول د خوشخویې، څرګنده ښکلي هنر او لغتونو ښه استعمال له لاری شوی دی."

Laurie Noe, Professor of Early Childhood Ed., Housatonic Community College, Bridgeport, CT

"دا کیسې، له افسانوي پیښو سره چې د لوستونکي ذهن نوي او ناسپړل شوو ځایونو ته بیایي، له هغې سره په ارتجاعیت او پر دې پیچلې نړۍ پوهیدلو کې مرسته کوي"

Library of Congress Lecture
by psychologist Robert Ornstein

Once upon a time there was
a farmer's wife.

One day when she was picking apples
from a tree, one of the apples fell
into a hole in the ground and she
couldn't get it out.

و، نه و، یوه د بزګر ښځه وه.

یوه ورځ کله چې د بزګر ښځې له ونې څخه
مڼې راټولولې، یوه مڼه ورڅخه په ځمکه
ولویده او په یوه سوري کې ننوته چې د
بزګر ښځې ونه شوای کولای هغه راوباسي.

She looked all around for someone to help her, and she saw a bird sitting on a nearby tree, and she said to the bird, "Bird, Bird, fly down the hole and bring back the apple for me!"

But the bird answered, "Tweet, tweet, tweet," which means "No." He was rather a naughty bird, you see.

And the farmer's wife said, "What a naughty bird!"

هغې هرې خوا ته سترګې وغړولې چې څوک پیدا کړي چې له هغې سره مرسته وکړي. هغې یوه مرغۍ ولیده چې په یوې نژدې ونې باندې ناسته وه. د بزګر ښځې مرغۍ ته وویل: "مرغۍ، مرغۍ، راشه د سوري دننه والوزه، او مڼه ماته راوباسه!"

خو مرغۍ ځواب ورکړ: "جیک، جیک" چې د مرغیو په ژبه کې د "نه" مانا ورکوي. لکه څنګه چې تاسې وینئ هغه ډېره سپین سترګې مرغۍ وه.

د بزګر ښځې ورته وویل:
"څه سپین سترګې مرغۍ ده!"

And then she saw a cat, so she said to the cat, "Cat, Cat, jump at the bird until he flies down the hole and brings back the apple for me."

But the cat said, "Miaow, miaow," which means "No." She was rather a naughty cat, you see.

So the farmer's wife said, "What a naughty cat!"

هغې وروسته یوه پیشو ولیده او هغې ته یې وویل: "پیشو، پیشو، ورشه په مرغۍ ورټوپ کړه چې هغه سوري ته دننه والوزي او مڼه ماته بیرته راوړي."

خو پیشو ورته وویل: "میو، میو" چې د پیشوګانو به ژبه د "نه" مانا ورکوي. هغه یوه سپین سترګې پیشکه وه.

نو د بزګر ښځې ورته وویل:
"څه سپین سترګې پیشکه ده!"

And then she saw a dog, so she said to the dog, "Dog, Dog, chase the cat until she jumps at the bird, until he flies down the hole and brings back the apple for me."

But the dog said, "Bow-wow-wow," which means "No." He was rather a naughty little dog, you see.

So the farmer's wife said, "Good gracious, what a naughty little dog!"

وروسته بیا هغې یو سپی ولید. سپی ته یې وویل: "سپیه، ای سپیه، ورشه په پیشو باندې حمله وکړه چې هغه پر مرغۍ ورودانګي او مرغۍ په سوري کې دننه والوزي، او منه ماته بیرته راوړي."

خو سپي هغې ته وویل: "عو، عو" چې د سپیو په ژبه کې د "نه" مانا ورکوي.
ګورئ چې هغه یو بې ادبه کوچنی سپی وو.

نو د بزګر ښځې وویل:
"او خدایه! څه سپین سترګی سپی دی!"

Then she looked around and she saw a bee and she said, "Bee, Bee, sting the dog until he chases the cat, until she jumps at the bird, until he flies down the hole and brings back the apple for me."

But the bee said, "Bzz-bzz," which means "No." He was rather a naughty bee, you see.

So the farmer's wife said, "Good gracious! What a naughty bee!"

لدې وروسته، هغې خپل شاوخوا ته وکتل او د
شاتو یوه مچۍ یې پیدا کړه. د بزګر ښځې مچۍ ته وویل:
"مچۍ، مچۍ، ورشه سپی وچیچه، چې هغه په پیشکې باندې
ورټوپ کړي او پیشکه په مرغۍ باندې حمله وکړي، او مرغۍ
سوري ته دننه والوزي او منه ماته بیرته راوړي."

خو مچۍ وویل: "بززز، بززز" چې د مچیو په ژبه کې د "نه" مانا
لري.تاسې ګورئ چې په اصل کې هغه یوه بې حیا مچۍ وه.

نو ځکه د بزګر ښځې وویل: "او خدایه!
څه سپین سترګې مچۍ ده!"

Then she looked around and she saw a beekeeper, and she said to the beekeeper, "Beekeeper, Beekeeper, tell the bee to sting the dog, until he chases the cat, until she jumps at the bird, until he flies down the hole and brings back the apple for me."

And the beekeeper said, "No, I won't."

So, the farmer's wife said, "Good gracious! What a naughty beekeeper!"

د بزګر ښځې بیا هرې
خواته نظر واچاوو او یو د
مچیو خاوند یې ولید او هغه ته یې
وویل: "د مچیو خاونده، ای د مچیو
خاونده، دغې مچۍ ته ووایه چې سپی
وچیچي، چې هغه په پیشکې پسې
ودانګي، او پیشکه پر مرغۍ ورټوپ
کړي، او مرغۍ لاندې په سوري
کې والوزي او مېه ماته بیرته
راوړي."

د مچیو خاوند ورته وویل:
"نه، زه دا کار نه کوم."

د بزګر ښځې له ځان سره
وویل: "او خدایه! څه
سپینسترګی سړی دی!"

And she looked around again. This time she saw a rope on the ground.

And she said, "Rope, Rope, tie up the beekeeper until he tells the bee to sting the dog, to chase the cat, to jump at the bird, to fly down the hole and bring back the apple for me."

But the rope didn't take any notice at all. It just lay there. And the farmer's wife said, "Good gracious! What a naughty rope!"

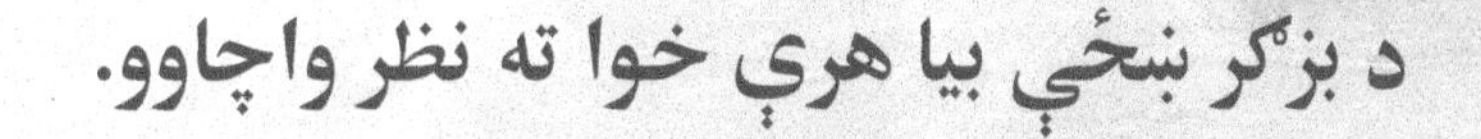

د بزګر ښځې بیا هرې خوا ته نظر واچاوو.

دا وارې هغې یو پړی ولید چې په ځمکه پروت وو، او پړي ته یې وویل: "پړیه، ای پړیه، ورشه او د مچیو د خاوند لاس او پښې وتړه، چې هغه مچۍ ته ووایی چې سپی وچیچي، او سپی پر پیشکې ورودانګي او پیشکه په مرغۍ ورټوپ کړي او مرغۍ لاندې د سوري په منځ کې والوزي او منه بیرته ماته راوړي."

خو پړي هیڅ خبرې ونکړې او هماغسې په ځمکه پروت وو. د بزګر ښځې وویل: "او خدایه! څه سپین سترګی پړی دی!"

And then she looked around
and she saw a fire.

he said, "Fire, Fire, burn the rope until
s up the beekeeper, until the beekeeper
s the bee to sting the dog, to chase the cat, to
jump at the bird, to fly down the hole and bring back
the apple for me."

But the fire said nothing at all. It just didn't take any notice. It wasn't going to burn the rope.

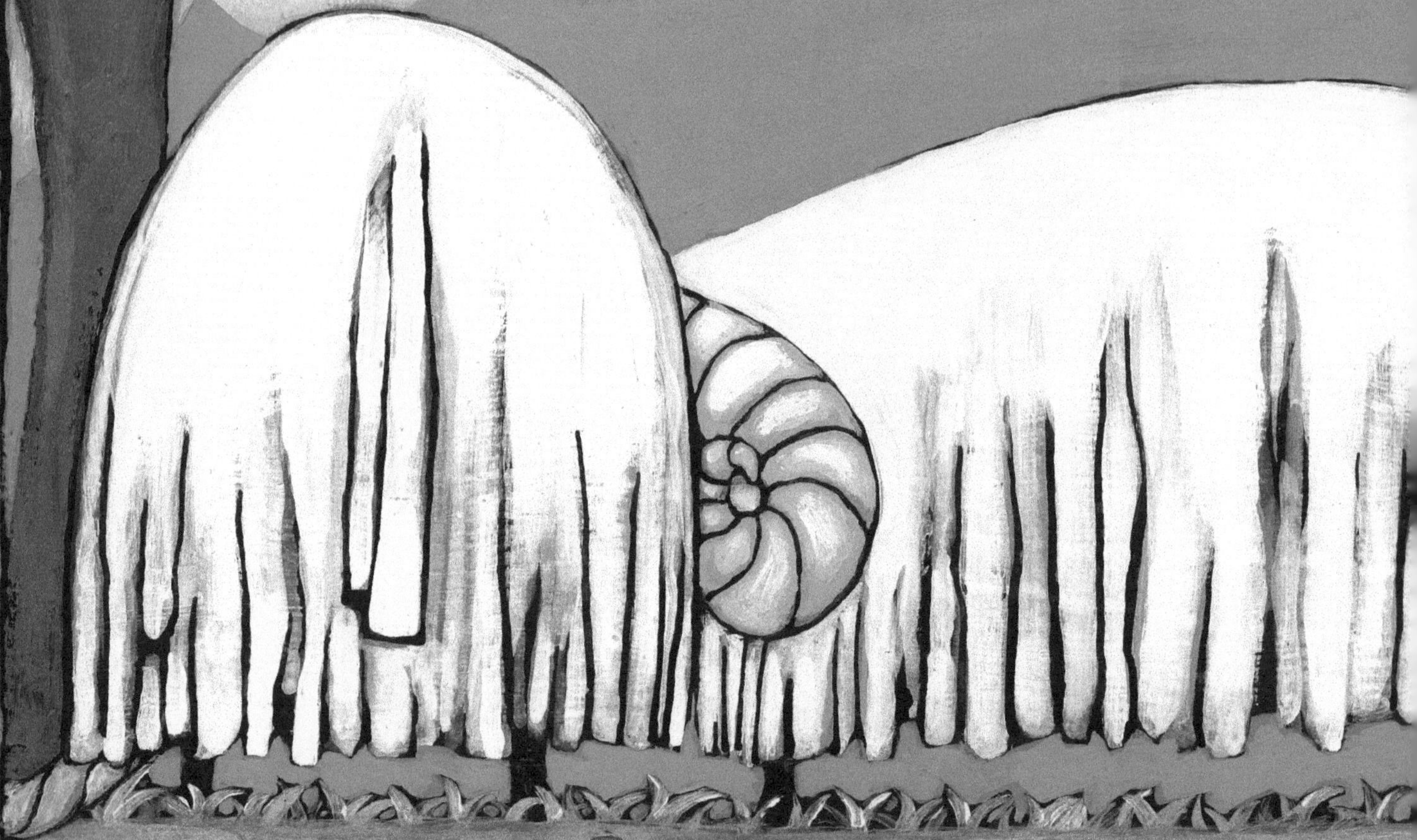

"Good gracious!" said the farmer's wife. "What a naughty fire!"

هغې بیا خپل چارچاپیر ته سترګې واړولې، او یو اور یې ولید.

اور ته یې وویل: "اوره، اې اوره، ورشه پړی وسوځوه چې هغه د مچیو خاوند وتړي، او د مچیو خاوند مچۍ ته وو‌ایي چې سپی وچیچي، او سپی په پیشکې پسې منډه ووهي، چې هغه په مرغۍ باندې حمله وکړي او مرغۍ دننه سوري ته والوزي او مڼه ماته بیرته راوړي."

خو اور هیڅ ونه غړید، او هیڅ پام یې هم ونه کړ. هغه نه غوښتل چې پړی وسوځوي.

د بزګر ښځې وویل: "او خدایه! څه سپین سترګی اور دی!"

And she looked around again, and
she saw a puddle of water.

And she said, "Water, Water, put out the fire, because it won't burn the rope, because it won't tie up the beekeeper, because the beekeeper won't tell the bee to sting the dog, because the dog won't chase the cat, because the cat won't jump at the bird. And because the bird won't fly down the hole and bring back the apple for me."

But the water didn't take any notice at all.

And the farmer's wife said, "Good gracious! What a very naughty puddle of water you are!"

هغې بیا شاوخوا ته وکتل او د اوبو یو ډنډ یې ولید.

د بزګر ښځې اوبو ته وویل: "اوبو، اوبو، ورشئ اور مړ کړئ، ځکه چې هغه پړی نه سوځوي، ځکه چې پړی د مچیو خاوند نه تړي، او هغه مچۍ ته نه وایي چې ولاړه شي او سپی وچیچي او سپی په پیشکې پسې منډه نه اخلي او پیشکه په مرغۍ نه ورټوپ کوي او مرغۍ لاندې سوري ته نه الوزي چې منه ماته راوړي."

خو اوبو د دې خبرو ته هیڅ غوږ نه کېښود.

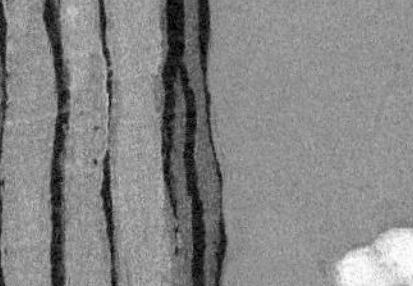

د بزګر ښځې ورته وویل: "او خدایه!
څه سپین سترګې اوبه دي!"

And then the farmer's wife looked around and she saw a cow.

وروسته د بزګر ښځې ټولو خواو ته وکتل
او يوه غوا يې وليدله.

And she said to the cow,
"Cow, Cow, drink up the water,
because it won't put out the fire,
because the fire won't burn the rope,
because the rope won't tie up the beekeeper,
because the beekeeper won't tell the bee to sting the dog, to chase the cat, to jump at the bird, to fly down the hole and bring back the apple for me."

But the cow only said, "Moo, moo," which means "No."

And the farmer's wife said,
"What a naughty cow!"

او د بزګر ښځې غوا ته وویل: "غوا، غوا، ورشه ټولې اوبه وڅښه،ځکه چې هغه اور نه مړ کوي، او اور پړی نه سوځوي چې پړی د مچیو خاوند وتړي او د مچیو څښتن مجبور شي چې مچۍ ته ووایی چې سپی وچیچي او سپی ولاړ شي او پر پیشکې برید وکړي، پیشکه پر مرغۍ ورټوپ کړي او مرغۍ ناچاره شي چې سوري ته والوزي او مڼه ماته بیرته راوړي."

خو غوا یوازې نارې کړې: "اومبا، اومبا" چې د غواو په ژبهد "نه" مانا لري.

د بزګر ښځې چیغه کړه او ویې ویل: "او خدایه! څه سپین سترګې غوا ده!"

And then the farmer's wife looked around once more and she saw the bird again.

So she said to the bird, "I want you just to peck that cow a little."

So the bird said, "All right, I don't mind pecking that cow. As long as you don't expect me to fly down the hole and bring back the apple for you."

The farmer's wife said, "You just peck the cow."

So, the bird, who was a bit naughty, pecked the cow.

د بزګر ښځې له ناچارۍ څخه یو وار بیا هرې
خواته وکتل او بیا یې هماغه مرغۍ په ونه کې
ناسته ولیده، نو مرغۍ ته یې وویل: "زه له تا څخه
یوه هیله لرم چې دا غوا یوه مښوکه ووهې!"

مرغۍ ورته وویل: "ډېر ښه، زه ستا خبره منم چې غوا په مښوکه
ووهم، خو پدې شرط چې بیا له ما څخه هیله ونه کړې چې زه د
سوري مینځ ته والوزم او مڼه درته راوړم."

د بزګر ښځې په ځواب کې مرغۍ ته وویل: "سمه ده، ته یوازې او
یوازې غوا په مښوکه ووهه" نو مرغۍ چې په سر کې یې خبره نه وه
منلې، والوته او غوا یې یوه کلکه مښوکه ووهله.

And the cow started to drink up the water, and the water started to put out the fire, and the fire started to burn the rope, and the rope started to tie up the beekeeper,

سملاسي غوا د اوبو په څښلو پیل وکړ، او اوبو د اور په وژلو
شروع وکړه، او اور د پړي په سوځولو پیل وکړ، او پړی ولاړ
چې د مچیو خاوند وتړي.

and the beekeeper started to tell the
bee, and the bee started to sting the
dog, and the dog started to chase the
cat, and the cat started to jump at that
very same bird that had pecked the cow.

د مچیو خاوند مچۍ ته امر وکړ،
چې سپی وچیچي، او سپي پر
پیشو حمله وکړه، او پیشو پر
همغې مرغۍ چې غوا یې ژوبله
کړې وه، ورټوپ کړ!

And then the wind flew down the hole and brought back the apple for the farmer's wife.

وروسته سخت باد ولګيد او د سوري منځ ته ولاړ ...
او مڼه يې د بزګر ښځې ته راوايستله.

And everyone
lived happily
ever after.
له دې کیسې وروسته، ټولو خپل ژوند په
خوښۍ او سوکالۍ تیر کړ.

FUN PROJECTS FOR HOME AND SCHOOL

CREATE PUPPETS WITH YOUR CHILDREN AND RETELL THIS STORY TOGETHER

VISIT OUR WEBSITE AT:

http://www.hoopoebooks.com/fun-projects-for-home-and-school

for a free downloadable Teacher Guide to use with this story, as well as colorful posters and step-by-step instructions on how to make Finger Puppets, Paperbag Puppets, and Felt Characters from this and other titles in this series.

د کور او ښوونځي لپاره د ساعتیرۍ پروژه

له خپلو ماشومانو سره لاسپوڅي جوړ او یوځای کیسې بیا بیان کړئ زموږ ویبپاڼې ته ولاړ شئ:

http://www.hoopoebooks.com/fun-projects-pashto

تر څو د ښوونکي لارښود وړیا نقل، او همداسې د ګوتو او کاغذي پاکټونو لاسپوڅو او felt کرکټرونو/ لوبغاړي راکوز (ډاونلوډ) کړئ، چې له دې او دې لړۍ نورو کتابونو ګام په ګام پرمختګ سره یوځای کاریدلی شي.

The Lion Who Saw Himself in the Water

By Idries Shah

The lion, King of the Jungle, terrifies everyone with his loud roar. One day he goes in search of water because he's very, very thirsty. As he bends his head to drink, he sees that there's another fierce lion in the water, glaring back at him. He's too frightened to drink, but he's so thirsty ... what can he do?

"... a lesson in humility and empathy. This story talks about how some things can be misinterpreted. It supports social and emotional development."

- Burney, a teacher for Higher Horizons Head Start, Falls Church, VA.

هغه زمری چې‌خپله څیره یې په اوبو کې ولیده

ادریس شاه

زمری، د ځنګل بادشاه، پر خپله لوړه غرمبا هر څوک ویروي. یوه ورځ د اوبو په لټه کې ووځي، ځکه چې ډېر ډېر تږی دی. څرنګه چې د اوبو څښلو لپاره سر ټیټوي، ګوري چې په اوبو کې یو بل خطرناک زمری شته، چې ده ته ګوري. هغه د اوبو له څښلو ویرېږي، خو ډېر تږی دی... څه باید وکړي؟

"... د بشریت او خواخوږۍ یو درس. دا کیسه وایي چې څرنګه ځینې شیان غلط تعبیریدای شي. دا ټولنیز او احساساتي پرمختګ هڅوي."

- Burney, a teacher for Higher Horizons Head Start, Falls Church, VA.

If you enjoyed this story, you may also like:

The Boy Without a Name

By Idries Shah

A small boy seeks and eventually finds his own name and is able to discard an old dream for a new and wonderful one.

"A message of peace and happiness ... a satisfying bedtime story that will encourage pleasant dreams."

- Booklist

که دا کیسه مو خوښه شوه، ممکن دا مو هم خوښ شي:

بې نومه هلک

ادریس شاه

کوچنی هلک هڅه کوي او اخیره کې د خپل نوم پر موندلو کامیابیږي او توانیږي چې پخوانی خوب په نوي او په زړه پوری بدل کړي.

"د سولې او خوښۍ پیغام ... د خوب وخت آراموونکې کیسه چې نه خوبونه به وهڅوي"

- Booklist

www.hoopoekids.com

HOOPOE BOOKS BY IDRIES SHAH

د هوپو کتابونه ليکونکی ادريس شاه

The Farmer's Wife	د بزګر ښځه
The Lion Who Saw Himself in the Water	هغه زمری چې خپله څیره یې په اوبو کې ولیده
The Silly Chicken	مسخره چرګ
The Clever Boy & the Terrible, Dangerous Animal	هوښیار هلک او داړونکی ځناور
The Old Woman and the Eagle	بوډۍ او ګوربت
The Boy Without a Name	بی نومی هلک
The Man and the Fox	سړی او ګیدړ
Neem the Half-Boy	نیم هلک
Fatima the Spinner and the Tent	تاوونکې فاطمه او کیږدۍ
The Magic Horse	جادویي آس

For the complete works of Idries Shah visit:

www.idriesshahfoundation.org

د ادریس شاه د بشپړ اثارو لپاره له دی پاڼی لیدنه وکړی:

www.idriesshahfoundation.org

CPSIA information can be obtained
at www.ICGtesting.com
Printed in the USA
BVHW020252221122
652432BV00005B/50

9 781944 493622